Bobbie Kalman y Rebecca Sjonger

Crabtree Publishing Company
www.crabtreebooks.com

Creado por Bobbie Kalman

Dedicado por Bobbie Kalman
Para la hermana Delphine Nebie y la hermana Elisabeth Badini de Burkina Faso, gracias por su importante trabajo de salvar a mujeres jóvenes del peligro

Editora en jefe
Bobbie Kalman

Equipo de redacción
Bobbie Kalman
Rebecca Sjonger

Editora de contenido
Kathryn Smithyman

Editora de proyecto
Molly Aloian

Editores
Michael Hodge
Kelley MacAulay

Diseño
Katherine Kantor

Coordinadora de producción
Heather Fitzpatrick

Investigación fotográfica
Crystal Foxton

Técnica de preimpresión
Nancy Johnson

Consultor
Dr. Michael J. Watts, profesor y director de Estudios Africanos
University of California, Berkley

Consultor lingüístico
Dr. Carlos García, M.D., Maestro bilingüe de Ciencias, Estudios Sociales y Matemáticas

Ilustraciones
Barbara Bedell: páginas 7 (ave), 16 (bosque tropical)
Pitado por niñas adolescentes en Kongoussi, Burkina Faso, África: páginas 22 (centro), 28 (parte superior), 30 (parte superior izquierda)
Katherine Kantor: páginas 4 (mapa), 7 (mapa), 14 (árbol), 19, 21, 24 (mapa), 26 (mapa), 30 (mapa), 31 (mapas)
Robert MacGregor: portada (mapa), contraportada (mapa), páginas 8-9, 12 (globo terráqueo), 14 (mapa), 16 (mapa), 18 (mapa), 20 (mapa)
Cori Marvin: página 16 (murciélago)
Vanessa Parson-Robbs: páginas 10 (parte superior izquierda), 12 (pez)
Margaret Amy Salter: página 16 (flores)

Fotografías
Bob Burch/Index Stock: página 28 (parte inferior izquierda)
iStockphoto.com: contraportada (parte inferior), páginas 5 (parte superior), 6, 10, 13, 17, 21, 22 (parte superior), 24, 25, 27 (parte superior), 29 (parte inferior), 31
Carlos Dominguez/Photo Researchers, Inc.: página 27 (parte inferior)
Otras imágenes de Comstock, Digital Stock, Digital Vision, Iconotec, Image Club, Imgram Photo Objects y Photodisc

Traducción
Servicios de traducción al español y de composición de textos suministrados por translations.com

Library and Archives Canada Cataloguing in Publication

Kalman, Bobbie, 1947-
Explora África / Bobbie Kalman y Rebecca Sjonger.

(Explora los continentes)
Includes index.
Translation of: Explore Africa
ISBN 978-0-7787-8287-2 (bound).--ISBN 978-0-7787-8295-7 (pbk.)

1. Africa--Geography--Juvenile literature. I. Sjonger, Rebecca II. Title. III. Series.

DT3.K3418 2007 j916 C2007-904751-3

Library of Congress Cataloging-in-Publication Data
Kalman, Bobbie.
[Explore Africa. Spanish]
Explora África / Bobbie Kalman y Rebecca Sjonger Crabtree.
p. cm. -- (Explora los continentes)
Includes index.
ISBN-13: 978-0-7787-8287-2 (rlb)
ISBN-10: 0-7787-8287-5 (rlb)
ISBN-13: 978-0-7787-8295-7 (pb)
ISBN-10: 0-7787-8295-6 (pb)
1. Africa--Juvenile literature. 2. Africa--Geography--Juvenile literature. I. Sjonger, Rebecca. II. Title. III. Series.

DT3.K21517 2008
916--dc22

2007030510

Crabtree Publishing Company
www.crabtreebooks.com 1-800-387-7650

En Canadá: Agradecemos el apoyo económico del gobierno de Canadá a través del programa *Book Publishing Industry Development Program* (Programa de desarrollo de la industria editorial, BPIDP) para nuestras actividades editoriales.

Publicado en Canadá
Crabtree Publishing
616 Welland Ave.
St. Catharines, Ontario
L2M 5V6

Publicado en los Estados Unidos
Crabtree Publishing
PMB16A
350 Fifth Ave., Suite 3308
New York, NY 10118

Publicado en el Reino Unido
Crabtree Publishing
White Cross Mills
High Town, Lancaster
LA1 4XS

Publicado en Australia
Crabtree Publishing
386 Mt. Alexander Rd.
Ascot Vale (Melbourne)
VIC 3032

Contenido

Agua y tierra

El planeta Tierra está formado por agua y tierra. El agua cubre casi tres cuartos de la Tierra. Las zonas de agua más grandes se llaman **océanos**. Hay cinco océanos en la Tierra. Del más grande al más pequeño son: el océano Pacífico, el Atlántico, el Índico, el Antártico y el Ártico.

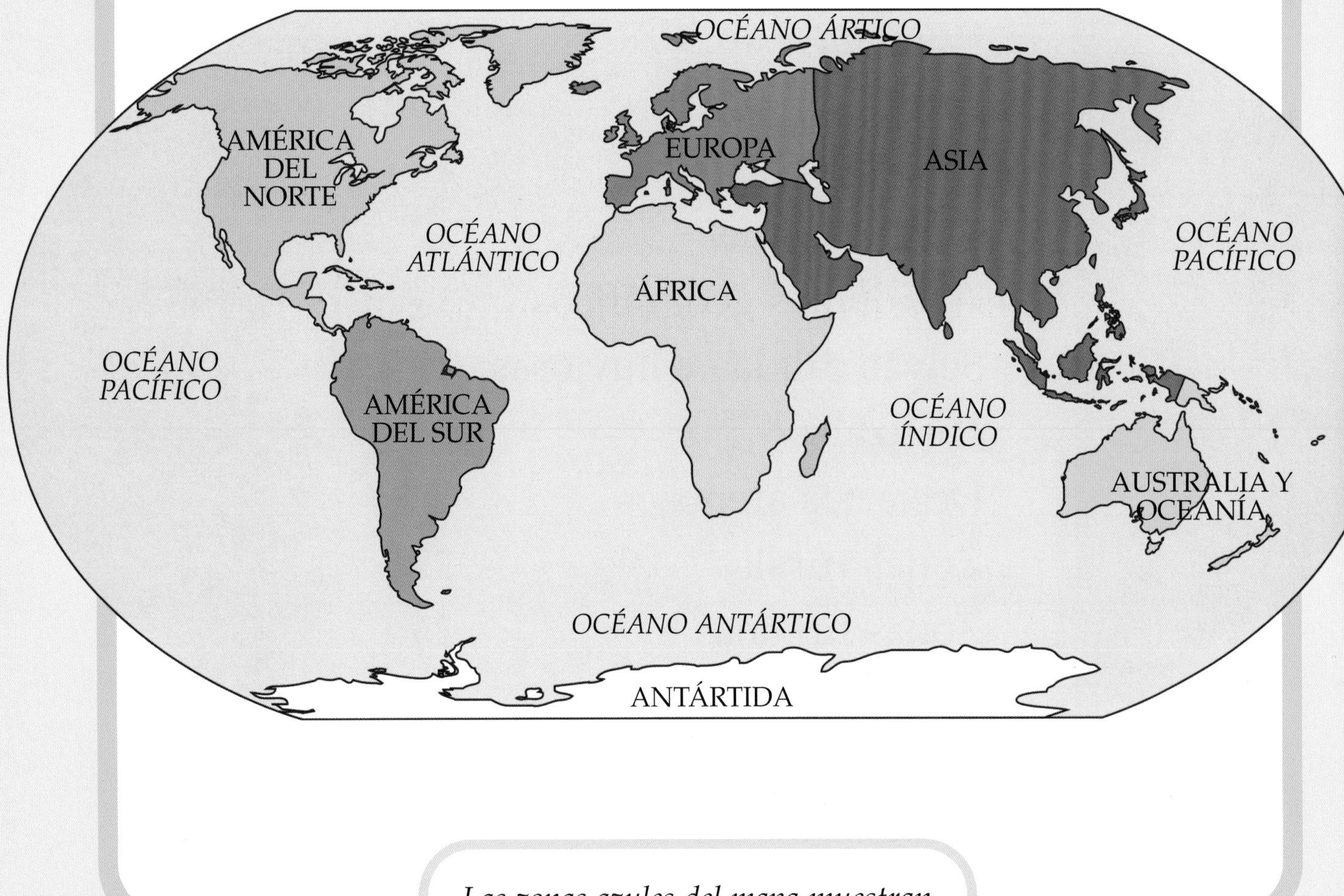

Las zonas azules del mapa muestran dónde está el agua en la Tierra.

Partes de África están junto al océano Atlántico.

Zonas inmensas de tierra

Los océanos rodean enormes zonas de tierra. Estas zonas de tierra se llaman **continentes**. En la Tierra hay siete continentes: Asia, África, América del Norte, América del Sur, Antártida, Europa y Australia y Oceanía.

Cuéntame de África

África es el segundo continente más grande de la Tierra. Allí hay 54 **países**. Un país tiene **fronteras** y un **gobierno**. Las fronteras son las zonas donde un país termina y empieza otro. Un gobierno es un grupo de personas que dirigen un país.

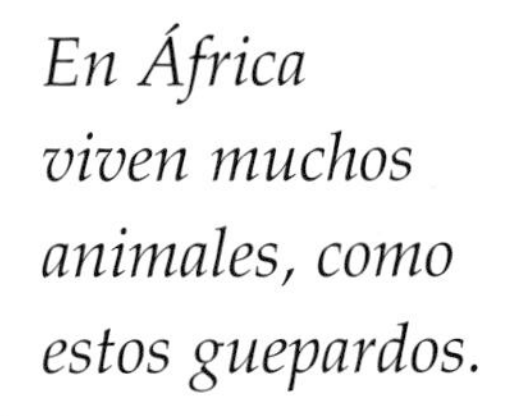

En África viven muchos animales, como estos guepardos.

Datos importantes

En África hay **islas**. Una isla es tierra rodeada por agua. Madagascar es la isla más grande de África.

Usa la brújula

La **brújula** que ves en esta página muestra las cuatro **direcciones** principales en la Tierra: Norte, Sur, Este y Oeste. La letra "N" apunta al Norte. El punto que está más al norte en la Tierra se llama **Polo Norte**. La letra "S" apunta al Sur. El punto que está en el extremo sur de la Tierra se llama **Polo Sur**.

N
O E
S
BRÚJULA

ECUADOR

Una línea rodea la mitad

El **ecuador** es una línea imaginaria que rodea la Tierra por la mitad. Divide la Tierra en dos partes iguales.

ÁFRICA

Arriba del ecuador

Parte de África está arriba del ecuador. Está en el **hemisferio norte**. El hemisferio norte es la parte de la Tierra que se encuentra entre el ecuador y el Polo Norte.

Debajo del ecuador

Parte de África está debajo del ecuador. Está en el **hemisferio sur**. El hemisferio sur es la parte de la Tierra que se encuentra entre el ecuador y el Polo Sur.

Clima cálido

Cerca del ecuador, el **clima** es cálido todo el año. El clima es el estado del tiempo típico de una región. El clima incluye la temperatura, las lluvias y el viento. El ecuador atraviesa África. La mayor parte de África es cálida y soleada todo el año. Sin embargo, algunas partes tienen clima frío. Es más frío en lo alto de las **montañas**.

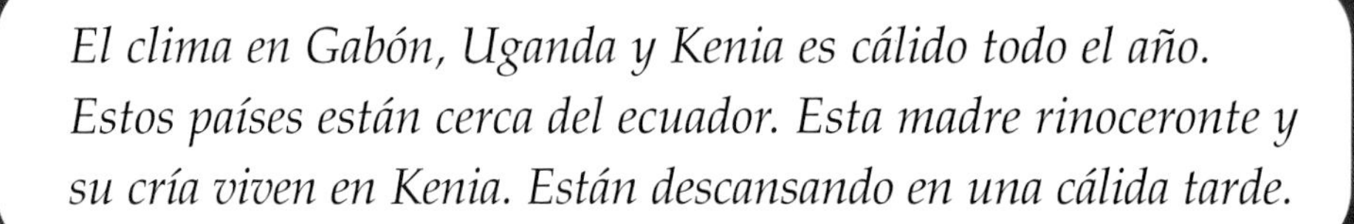

El clima en Gabón, Uganda y Kenia es cálido todo el año. Estos países están cerca del ecuador. Esta madre rinoceronte y su cría viven en Kenia. Están descansando en una cálida tarde.

Estación lluviosa, estación seca

En algunas partes de África llueve casi todos los días. En otras casi no llueve. También hay zonas donde llueve una parte del año y son secas el resto del año. El período con lluvia se llama **estación lluviosa**. La **estación seca** es el período en el que no llueve.

El país de Senegal tiene una estación lluviosa. Allí, las personas que viven cerca del agua construyen sus hogares en plataformas elevadas sobre el suelo. Cuando llueva, el agua no subirá hasta inundar sus hogares.

Vías acuáticas

África está entre dos océanos. El océano Atlántico baña la **costa** oeste de África y el océano Índico baña la costa este. Una costa es una zona de tierra que toca un océano o **mar**. Un mar es una pequeña parte de un océano rodeada de tierra. La costa norte de África está junto a dos mares: el mar Rojo y el Mediterráneo.

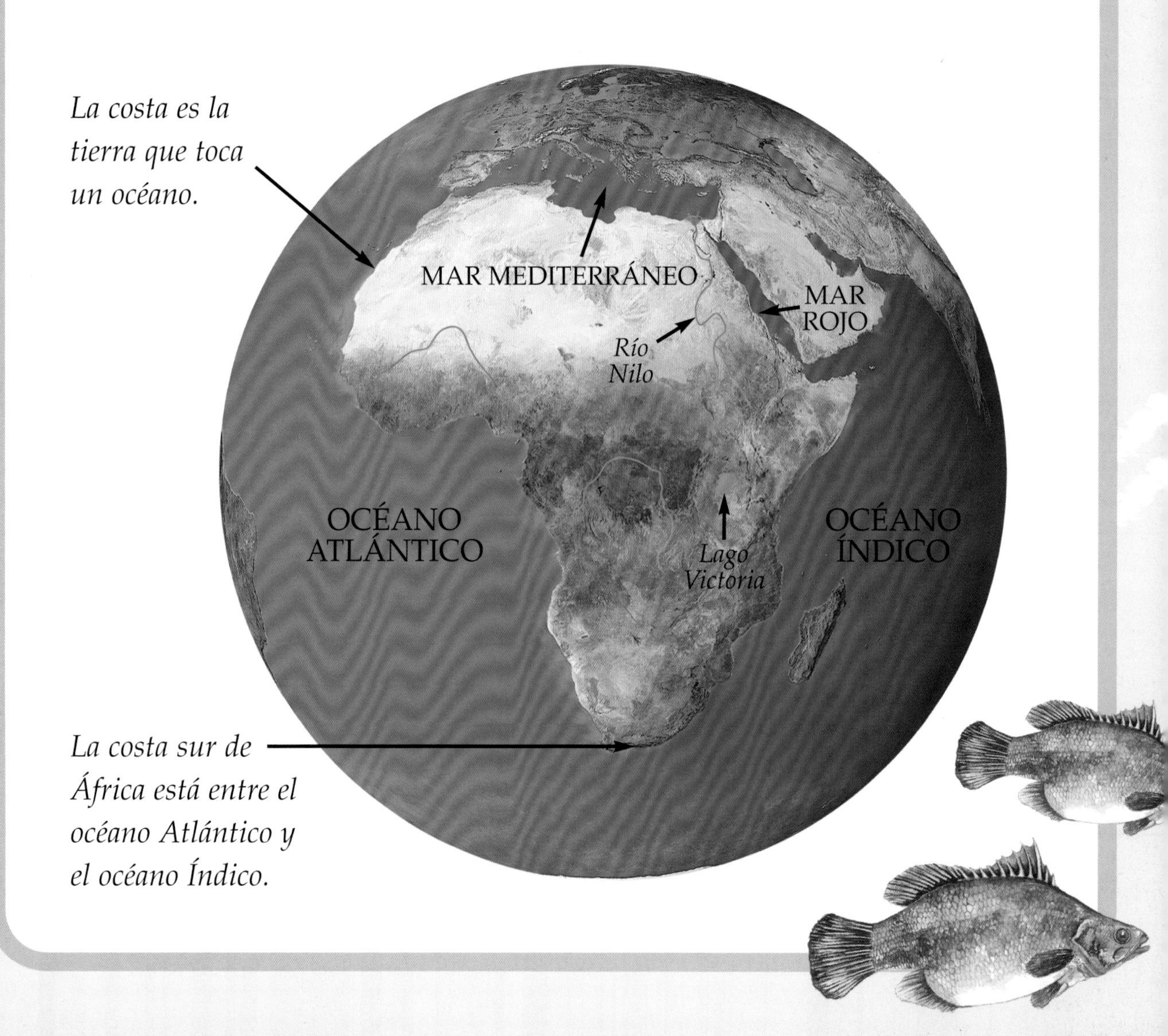

La costa es la tierra que toca un océano.

La costa sur de África está entre el océano Atlántico y el océano Índico.

Ríos largos y lagos grandes

El **río** más largo de la Tierra está en África. Es el río Nilo. África también tiene muchos **lagos** grandes, como el lago Victoria, que es el segundo lago más grande del mundo. En África, muchas personas viven cerca de los ríos y lagos, donde hay peces para comer y agua para beber. Las personas viajan en barco por los ríos y lagos.

Estas vacas se refrescan en el lago Victoria.

Accidentes geográficos

En África hay muchas montañas altas. También hay **valles**. Los valles son zonas bajas de tierra que están entre las montañas. Las montañas y los valles son dos tipos de **accidentes geográficos**, los cuales son áreas de tierra que tienen diferente forma.

Montañas

El clima en la cima de las montañas es frío. En algunas cimas hay nieve. El monte Kilimanjaro es la montaña más alta de África.

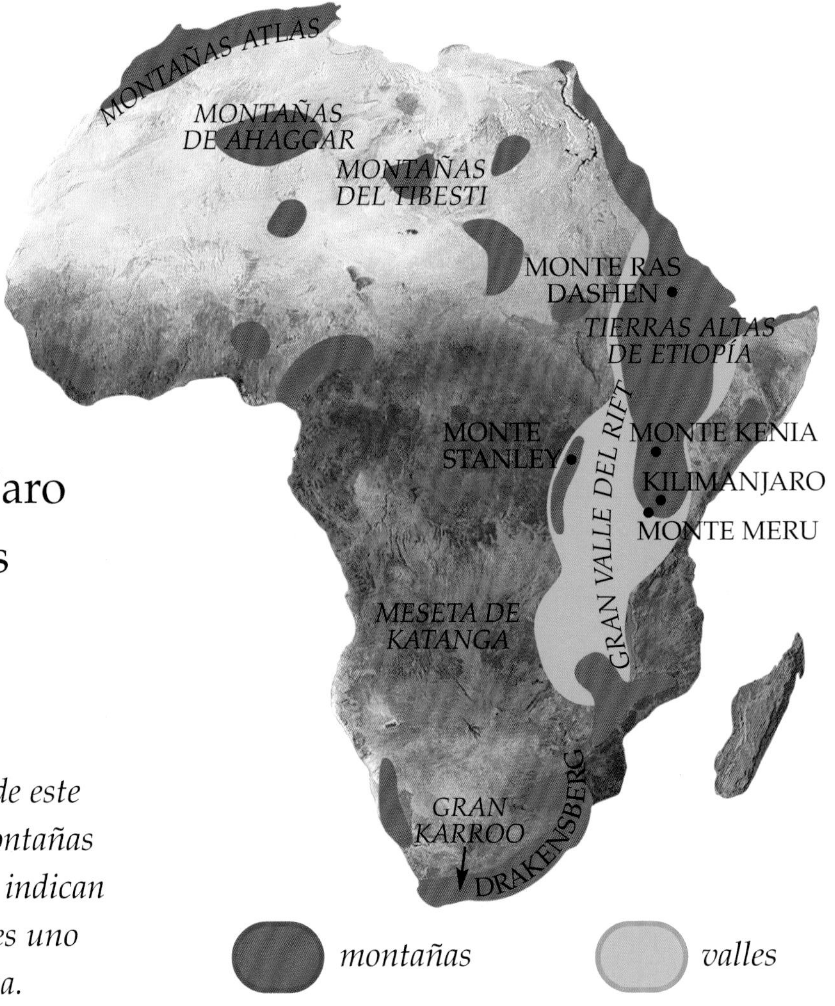

Las zonas de color marrón de este mapa muestran algunas montañas de África. Las zonas verdes indican el Gran Valle del Rift, que es uno de los más grandes de África.

Valles

En la cima de las montañas frías viven muy pocas personas o animales. Sin embargo, en los valles viven muchas personas y animales. Con frecuencia, ríos y **arroyos** atraviesan los valles. Un arroyo es un río pequeño y angosto. En los valles también crecen muchas plantas.

Esta jirafa vive en un valle en la base del monte Kilimanjaro.

Selvas cálidas y lluviosas

En África hay **selvas lluviosas tropicales**. Esta clase de selva crece solamente en los lugares cálidos y lluviosos.

selvas lluviosas tropicales

En las selvas lluviosas tropicales de África crecen muchas clases de árboles. Algunos árboles son muy altos.

Las personas de las selvas lluviosas

En las selvas lluviosas tropicales de África viven millones de personas. Algunas cazan animales y recogen plantas para alimentarse. Otras personas se dedican a la agricultura.

Estos niños viven cerca de una selva lluviosa tropical. Están recogiendo leña para cocinar.

Datos importantes

En lo alto de los árboles de los bosques lluviosos tropicales viven muchos animales como murciélagos, aves y monos.

Pastizales

En África hay muchos **pastizales** o grandes zonas de tierra cubiertas por pastos. Los pastizales de África se llaman **sabanas**. En ellas crecen arbustos y algunas clases de árboles como las acacias. En las sabanas también viven los animales más grandes de África, como los elefantes, los hipopótamos y los rinocerontes. Otros animales de la sabana son las jirafas, los antílopes, las cebras, los leones, los guepardos y los leopardos.

pastizales

Los elefantes son enormes animales de la sabana. Comen mucho pasto.

Las personas de las sabanas

En las sabanas africanas también viven muchas personas. En estos pastizales las personas cultivan **cosechas**. Las cosechas son las plantas que se cultivan para comer. La gente también cría **ganado**, como vacas. El ganado se come las plantas que crecen en las sabanas.

Este hombre masai cría vacas en una zona de pastizales.

Desiertos arenosos

En África hay **desiertos** enormes. Los desiertos son regiones muy calurosas y secas en donde caen menos de 10 pulgadas (25 cm) de lluvia por año. El **suelo** de muchos desiertos africanos es arenoso. Los fuertes vientos soplan la arena y forman grandes colinas llamadas **dunas de arena**.

DESIERTO DE SAHARA

DESIERTO DE KALAHARI

desiertos

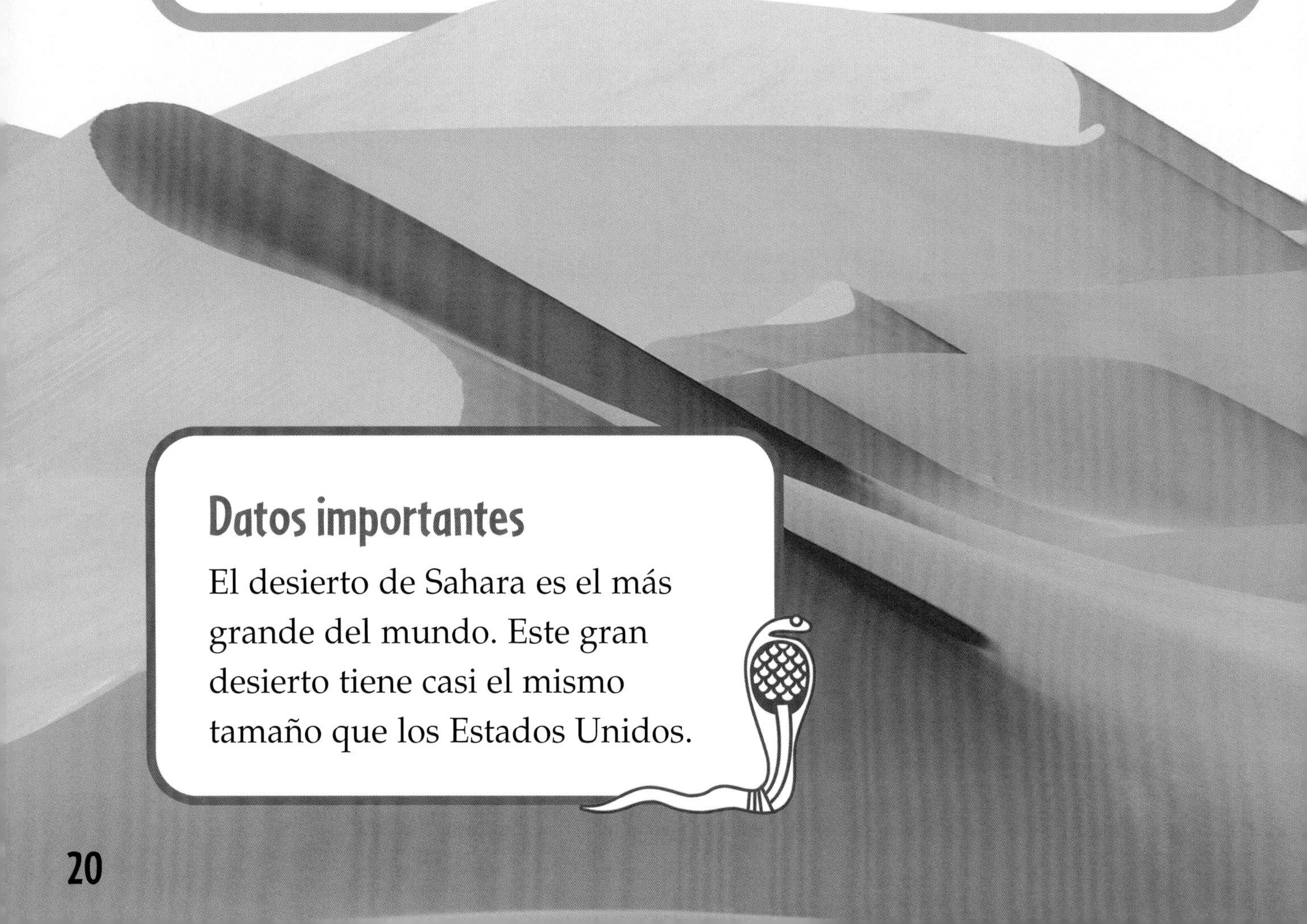

Datos importantes

El desierto de Sahara es el más grande del mundo. Este gran desierto tiene casi el mismo tamaño que los Estados Unidos.

Pocos seres vivos

Los animales necesitan agua para sobrevivir. En el desierto hay muy poca agua. La mayoría de los animales no pueden sobrevivir allí, pero sí los camellos, las serpientes y los escorpiones. Estos animales no necesitan beber mucha agua para sobrevivir.

Serpiente africana

En los desiertos africanos viven personas llamadas ***nómadas****. Los nómadas van de un lugar a otro en busca de agua para beber y alimento para comer. También necesitan encontrar agua y alimento para sus animales.*

Zonas rurales

En África viven más de 800 millones de personas. Muchos africanos viven en **zonas rurales**. Una zona rural está fuera de una ciudad o de un pueblo. Muchas personas que viven en zonas rurales habitan en **aldeas**. Construyen sus propios hogares y encuentran alimento en la tierra o en las vías acuáticas cercanas.

Este niño lleva a casa pollos para su familia.

Cultivar para comer

Los africanos que viven en el campo a veces están lejos de tiendas, escuelas y hospitales. Muchas personas en las regiones rurales se dedican a la agricultura. Cultivan su propio alimento para comer. Cultivan cosechas de maíz, ñame y **mijo**. También tienen algún ganado, como vacas u ovejas.

Estas mujeres muelen mijo para hacer harina.

Cada día mueren muchas personas

Muchos africanos mueren todos los días de **enfermedades** como el **SIDA** y la **malaria**. La mayoría no tiene suficiente dinero para comprar los medicamentos que se necesitan. Además, hay muy pocos médicos para curarlos. Otras personas mueren porque no tienen agua potable para beber.

Zonas urbanas

Las ciudades y los pueblos son **zonas urbanas**. Las ciudades africanas se parecen a otras ciudades del mundo. Tienen edificios altos y muchas calles llenas de automóviles. La fotografía de arriba muestra la Ciudad del Cabo. Esta gran ciudad está en Sudáfrica.

TÚNEZ
CASABLANCA
EL CAIRO
LAGOS
ABIYÁN
NAIROBI
KINSHASA
JOHANNESBURGO
CIUDAD DEL CABO

Este mapa muestra algunas ciudades grandes de África.

Muy poco dinero

Casi la mitad de los africanos habitan en zonas urbanas. Muchos de ellos viven en condiciones de gran pobreza. Algunos no tienen trabajo. Las personas que tienen trabajo a menudo tienen muy poco dinero. La mayoría vive en hogares muy sencillos o chozas.

*Las zonas de una ciudad donde las personas viven en chozas se llaman **barrios bajos**.*

Materiales útiles

Cada continente tiene **recursos naturales**. Un recurso natural es un elemento que se encuentra en la naturaleza y que las personas pueden usar. Los recursos naturales dan dinero a los países africanos. La gente puede comprar y vender recursos naturales dentro y fuera de África. Los **minerales** como el petróleo y los diamantes, son algunos de los recursos naturales más importantes de África. Muchas personas trabajan para empresas que compran y venden recursos naturales.

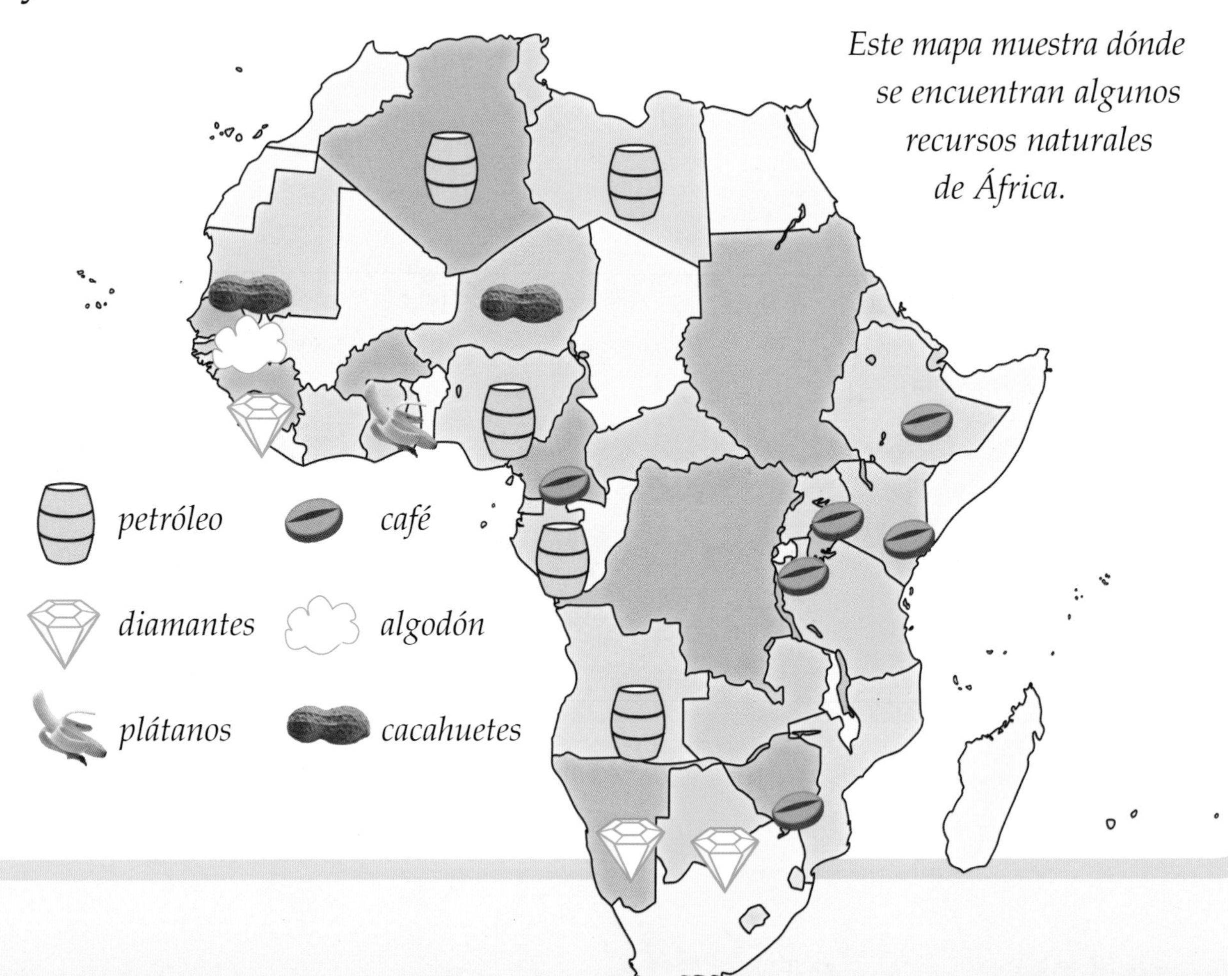

Este mapa muestra dónde se encuentran algunos recursos naturales de África.

Cultivar para vender

Algunos recursos naturales se llaman **cultivos comerciales** o cosechas que la gente cultiva para vender. Algunos agricultores africanos siembran cultivos comerciales en granjas pequeñas. Las grandes empresas siembran cultivos comerciales en granjas grandes llamadas **plantaciones**. El algodón, los plátanos y el café son algunos cultivos comerciales.

Personas alrededor del mundo disfrutan de alimentos que vienen de África.

Estos hombres recogieron granos de café en Zimbabue. Los granos se secan y luego se tuestan. Las personas los usan para hacer café.

Cultura africana

Cultura es el conjunto de creencias, costumbres y formas de vida que un grupo de personas comparte. Las personas crean arte, música y danzas para **expresar** o mostrar sus culturas. Actividades como los deportes y los juegos también son parte de muchas culturas. En estas páginas se muestran algunas de las formas en que los africanos expresan su cultura.

Escultura

A las personas de todo el mundo les encantan las **esculturas** africanas. La escultura es una clase de arte. Las personas hacen esculturas tallando o dándoles forma, en materiales como madera, piedra, metal y arcilla.

Este artista está tallando una escultura.

Música

La música es parte de la vida diaria de África. También es parte de muchas **celebraciones**. La mayoría de la música africana incluye tambores.

Este es un tambor africano.

Danzas

En África, escuchar música a menudo invita a bailar. Algunas personas bailan por diversión. También bailan para celebrar eventos de la vida, como bodas o fiestas religiosas. Este bailarín africano realiza una danza importante en su cultura. Baila usando una máscara y un traje especial.

Postales de África

África es un continente hermoso. Gente de todo el mundo la visita para conocer su tierra y sus muchos animales salvajes. También la visitan para conocer las culturas africanas. Estos son algunos lugares y cosas que muchas personas van a ver. Los mapas de estas páginas muestran dónde se encuentran en África.

La esfinge está en Egipto. Es una enorme figura en piedra de la cabeza de una persona en el cuerpo de un león. Fue tallada hace más de 4,500 años.

Las cataratas Victoria son unas de las más altas del mundo. Están en la frontera entre Zambia y Zimbabue.

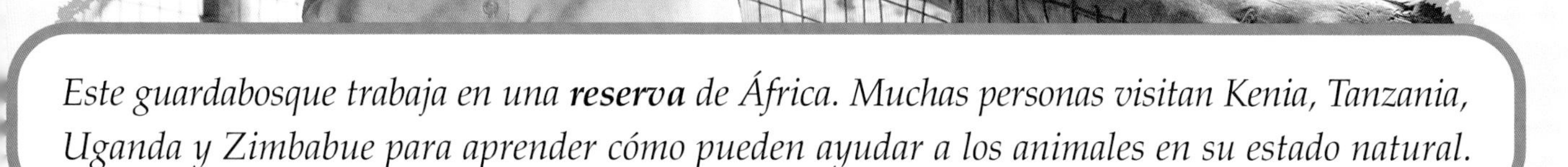

Este guardabosque trabaja en una ***reserva*** *de África. Muchas personas visitan Kenia, Tanzania, Uganda y Zimbabue para aprender cómo pueden ayudar a los animales en su estado natural.*

Glosario

Nota: Es posible que las palabras en negrita que están definidas en el texto no figuren en el glosario.

aldea (la) Grupo de casas en una zona rural

celebración (la) Ceremonia que se realiza para un evento o día especial

enfermedad (la) Alteración de la salud de una persona

ganado (el) Animales, como vacas, que las personas crían para comer

lago (el) Gran zona de agua rodeada por tierra

malaria (la) Enfermedad mortal que produce escalofríos y una fiebre muy alta

mijo (el) Planta de un cereal que se usa para hacer harina**minerales (los)** Sustancias como el carbón y el oro, que las personas sacan del suelo

montaña (la) Zona alta de tierra con laderas empinadas

reserva (la) Lugar donde se protege la vida silvestre

río (el) Gran cantidad de agua que fluye hacia un océano, lago u otro río

selva lluviosa tropical (la) Selva densa y cálida donde caen más de 100 pulgadas (254 cm) de lluvia 1 año

SIDA (el) (**s**índrome de **i**nmuno**d**eficiencia **a**dquirida) Enfermedad mortal que ataca la capacidad del cuerpo para defenderse por sus propios medios contra otras enfermedades

suelo (el) La capa superior de la Tierra

Índice

Impreso en Canadá